안녕, 오늘 하루

마음과 마음이 닿기를

Hoping my heart
touches your heart

안녕, 오늘 하루

총총지 글, 그림

LATTE

차례

1. 오늘의 이륙

2. 오늘의 여행

1.

오늘의

이륙

파이팅

Fighting

힘 Force

: 일이나 활동에 도움이나 의지가 되는 것

하나,

둘,

셋,

오늘도 힘내요.

파이팅!

뭘 하고 싶은지 모르겠을 때

When you don't know
You want to do

하고 싶은 일이 뭔지 몰라서
답답하고 걱정될 때

@chongchongji

모르다 Do don't no

: 사실을 알지 못하다.

가게에 옷을 고르러 갔어요.

옷들이 빽빽하게 펼쳐져 있었어요.

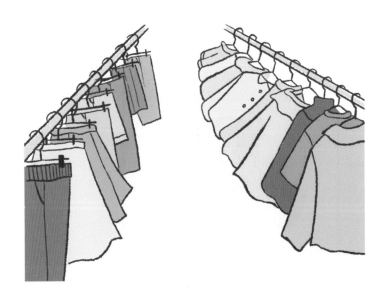

옷을 차근차근 살펴봤어요.
괜찮아 보이는 옷은 입어도 보면서요.

보기에 참 예뻤는데
막상 입으니 안 어울리는 옷이 있었어요.

안 어울릴 것 같은데
입어 보니 잘 어울리는 옷도 있었고요.

보고, 찾고, 고르고를
반복하다 마음에 쏙 드는
옷을 골랐답니다.

@chongchongji

하고 싶은 일을 찾는 건
나에게 맞는 옷을 고르는 것과 같아요.

조급해하지 말고 일단 입어봐요.

예상치 못한 옷이 딱, 맞을 수도 있으니
'신중하게!' 잊지 말고요.

일단 해보기

Let's try it first

@chongchongji

하다 Do

: 행동이나 작용을 이루다.

일단 묶어 보고
별로면 풀면 되죠.

일단 해봐요, 우리.

자존감이 떨어질 때

When you self-esteem drops

자존감 self-esteem

: 스스로 품위를 지키고 자기를 존중하는 마음

어떻게든 겨우 잡아서

옆에 있으라고 해도

순식간에 밖으로 나가곤 하죠.

참 신기해요.
자존감이라는 아이는
밖을 왜 이렇게 좋아하는 건지.

어디를 자꾸 돌아다니는지.

잠깐 나갔다 올게!

안 보내주면
몰래 가야지~

잡으려고 할수록 도망가는
이 아이를 어떻게 해야 하나
오랜 고민에 빠졌어요.

@chongchongji

그러다가 방법을 찾았죠.

그건 바로

스스로 돌아오게 하는 거예요.

잡으려고 애쓰지 않고요.

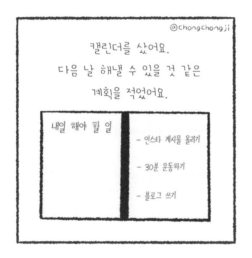

캘린더를 샀어요.

다음 날 해낼 수 있을 것 같은

계획을 적었어요.

내일 해야 할 일	
	- 인스타 게시물 올리기
	- 30분 운동하기
	- 블로그 쓰기

해냈어요!

캘린더에 동그라미를 쳤어요.

그랬더니 자존감이

스르륵, 다가왔어요.

동그라미가 늘어날 때마다
아이가 조금씩 조금씩
옆에 앉아있는 시간이 늘었어요.

@chongchongji

자존감은
무작정 잡으려고 하면 도망가요.
스스로 오게 만들어야 해요.

자존감을 부를 당신의
첫 번째 계획은 뭔가요?

이상하게 그럴 때 있잖아요.
나 자신이 왠지 작게 느껴지고
괜히 남들과 비교하게 되는 때요.

한없이 자존감이 떨어져서
어디서부터 어떻게
바로잡아야 할지 모르겠을 때요

누워서 울기도 하고
주변에 하소연을 해봐도

자존감은 올라가지 않고
더 멀리 도망가기만 하더라고요.

그러다가 뭐라도 해보자!
라는 생각을 가지고
캘린더를 샀어요.

당장 내일 할 수 있는
계획을 적었어요.
다음날 계획에 성공하면
동그라미를 쳤어요.

늘어나는 동그라미를 보며
뿌듯하게 웃고 있는
저를 마주했어요.

지금 혹시 자존감이
계속해서 떨어진다면
오늘 해결할 수 있는
계획을 적어봐요.

너무 사소한 계획이면 소용없지 않냐고요?

이 세상에 사소한 계획은 없어요.
그 어떤 계획도 다 의미 있어요.

자, 자존감을 돌아오게 할 당신의
첫 번째 계획은 뭔가요?

내가 나인 건 변함없어!

I'm me!

변함없다 unchanging

: 달라지지 않고 항상 같다.

머리카락을 풀어도
하나로 묶어도
둘로 묶어도

내가 나인 건 변함없어!

구슬

Bead

@chongchongji

꿰다 string

: 실이나 끈 따위를 구멍이나 틈의 한쪽에 넣어
다른 쪽으로 내다.

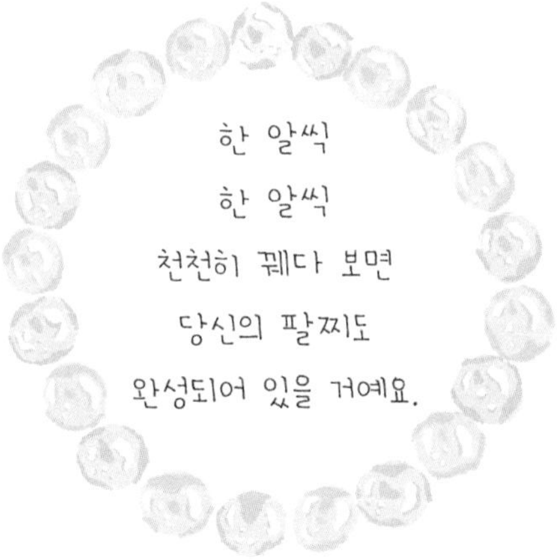

한 알씩
한 알씩
천천히 꿰다 보면
당신의 팔찌도
완성되어 있을 거예요.

구슬을 다 꿰서
매듭을 지으려다
손에서 놓쳤어요.

구슬이 좌르르
떨어졌어요.
처음부터 다시 꿰어야 했죠.

조급하게 다시 끼우려고 하니
잘 들어가지도 않고
구슬이 자꾸 손에서 빠져나갔어요.

심호흡을 한 번 하고
천천히 천천히를 되뇌며
구슬을 꿰었어요.

그리고 매듭을 딱 지었더니
팔찌가 완성되었어요.

그래요.
음식도 빨리 먹으면
체하잖아요.

조급해 말고
한 걸음씩 한 걸음씩
천천히 가면 돼요.

버티기 버거운 당신에게

Excessive work

안 좋은 일이 밀려와서

버티기 버거운 당신에게

@chongchongji

버티다 endure

: 어려운 일을 참고 견디다.

한 번에 하나씩만 오면,
아니 감당할 수 있을 만큼만 와도
버틸 수 있을 텐데요.

혹시 농사를 시작할 때
밭갈이를 먼저 하는 이유를 아세요?

@chongchongji

바로 흙 속에 있는 잡초와
이전 작물의 뿌리를 제거해서
새로 심을 농작물의
고른 영양 공급을 위해서라고 해요.

밭을 가는 동안
뒤집히고 엎어지고 여기저기 차이는
흙은 얼마나 아프고 힘들까요?

흙은 그 힘든 순간을 꿋꿋하게
잘 견뎌내고 이겨내서
영양분이 풍부한 농작물을
만들어내요.

힘들면 힘들수록
더 멋진 결과물을 위한
밭갈이를 하는 중인 거예요.

멋진 결과물이 자랄 수 있게
힘을 내요, 우리.

살아가면서 유독
힘든 일이 겹치는 시기가 있는 것 같아요.

겨우 걱정 하나를 넘겼다 싶으면
다른 고비가 저를 기다리고 있었어요.

그때마다 참 억울하기도 했고,
제 상황이 밉기도 하고, 슬프기도 했어요.

내가 꾸고 있는 이 꿈은
내가 꾸기엔 너무 큰 꿈일까?
라는 생각을 하며 본가로 내려갔어요.

집에 도착하니 어머니께서 저를 불렀어요.
"이거 봐, 완전 잘 자랐지?"

그때 당시 어머니께서
밭에 소소하게 농작물을 키우고 계셨는데
어느새 멋지게 잘 자라있더라고요.

멋진 결과물을 만든 흙이
저에게 말해주는 것 같았어요.

"나 잘 이겨냈어.
너도 잘 이겨낼 수 있어!"

화분

Flowerpot

@chongchongji

화분 Flowerpot

: 꽃을 심어 가꾸는 그릇.

물을 주고
영양제를 주고
바라봐주면

언젠가 새싹이 돋아날 거예요.

2.

오늘의

여행

비행

Flight

@chongchongji

날다 fly

: 공중에 떠서 어떤 위치에서 다른 위치로
  움직이다

과거에 멈춰 선 당신에게

when i stopped in the past

과거 past

: 이미 지나간 때.

나도 모르게 계속

과거를

돌아보게 되고

멈춰서
앞으로 한 발짝도
나아길 수 없을 때가 있어요.

그런 내가 한심하고
미련하게 느껴지나요?
그렇다면 제 이야기를 들어보세요.

긴 여행을 가기 전에
짐을 싸야 했어요.

이것저것 짐들을
가방에 꾹꾹 눌러 넣었는데
가방이 닫히지 않았어요.

고민 끝에
가방을 뒤집어서
짐들을 꺼냈어요.

@chongchongji

@chongchongji

차곡차곡 정리해서 담았더니
가방이 닫히더라고요.

나의 과거를

억지로 눌러 담지 말고

차곡차곡 정리해 줘요.

더 멋진 여행을 떠날 수 있게.

여행을 떠나려면
제일 먼저 짐을 싸야 해요.

잘 정리해야 가방이 닫히고
필요할 때 꺼내 쓸 수 있어요.

과거도 같다고 생각해요.
어떤 과거든
잘 정리해야 해요.
특히 힘들었던 과거는 더요.

힘들었다고 피하지 말고
자꾸 생각난다고 숨지 말고

슬프면 충분히 슬퍼하면서
천천히 마주 봐야 해요.

나의 과거를
억지로 눌러 담지 말고
차곡차곡 정리해 줘요.

그래야 '미래'라는
멋진 여행을 떠날 수 있어요.

익숙함

Familiarity

익숙하다 position

: 어떤 일을 여러 번 하여 서투르지 않은 상태

익숙함에 속아

소중한 인연을 놓치지 말길

익숙함에 속아

놓아야 할 것들을 붙잡고 있지 않길

인과 관계

a causal relationship

인과 cause and effect

: 원인과 결과를 아울러 이르는 말.

꽤 오랜 시간
제 속을 썩였던 친구가 있어요.

@chongchongji

바로 툭하면
빨개지는 제 눈이요.

@chongchongji

주기적으로 빨개지는 눈 때문에

얼마나 많은 안과를 다녔는지 몰라요.

오죽하면 제 소원이

눈이 충혈되지 않는 거였다니까요.

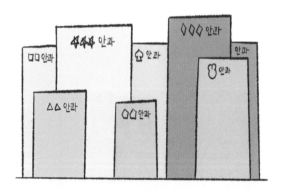

한동안 잠잠하더니 갑자기 또
충혈이 되어서 화가 나고 속상했어요.

@chongchongji

씩씩대며 새로운 병원을 방문했고
의사선생님을 마주했어요.

눈 상태 심각한거 알아요?
눈이 아프다고 아프다고
소리지르는 중인데..?

네.. 빨개지는 것만
가라앉고싶어요..

@chongchongji

충혈만 가라앉는다고 해결 되는 게 아니에요.
원인을 찾아야 해요.
그 원인을 모르면 계속 충혈이 일어날 거예요.

@chongchongji

아마도 알레르기 같아요.
약 처방 해줄 테니 넣고
충혈 가라앉아도 꼭 다음 주에 와요.

거의 십 년 동안
제 속을 썩인 친구가 있어요.

바로 툭하면 빨개지는 '눈'이요.

어느새 갑자기 그냥 빨개져요.
그러면 저는 하던 일을 멈추고
병원에 다니며 몇 주를 고생해요.

충혈되면 병원에 가고
다시 하얘지면 안도하고
또 빨개지면 병원에 가요.

그렇게 얼마나 많은
병원에 다녔는지 몰라요.

어찌 잠잠하다 했더니
또 충혈돼서 병원을 찾았어요.

의사 선생님을 마주했어요.
충혈만 안 생기고 싶다고
선생님께 말했어요.

그러자 선생님께서 입을 여셨어요.

충혈만 가라앉으면
해결되는 게 아니라고요.

원인을 찾아야 한다고요.
원인을 모르면
계속 반복되기만 할 거라고요.

머리를 한 대 맞은 것 같았어요.
매번 충혈이 가라앉으면 된다며
원인을 찾을 생각을 못 했어요.

그러니 재발하는 건 당연한 일이었죠.
저는 이제 원인은 찾아보려고 합니다.

혹시 여러분도 지금 하시는 일이
해결되지 않는다는 생각이 든다면

원인을 뭘까라는 고민을 한번 해보는
시간을 가지기도 필요할 것 같아요.

낭비

Waste

@chongchongji

낭비 waste

: 시간이나 재물 따위을 헛되이 헤프게 씀.

내 마음을

함부로

낭비하지 말아요, 우리

나를 지킬 수 있는 방법

How to protect me

지키다 defend

: 잃거나 침해당하지 않도록 막다.

진짜 한 번만 더 도와주라.

나를 지키기 위해
필요한 것 중 하나는
'거절하는 힘'인 것 같아요.

우리는 인생을 살면서
도움을 받고 또 도움을 주며
살아갑니다.

누군가를 도울 수 있다는 건
참 소중하고 행복한 일입니다.

물론 내가 누군가를 도울
여력이 될 때 말이죠.

내가 누군가를 돕기에
힘에 부친 상황이라면

나를 지키기 위해 거절하는 것이
나를 지키기도 한다는 것
기억해요, 우리.

빈 자리

an empty seat

@chongchongji

자리 position

: 사람이나 물체가 차지하고 있는 공간.

기회가 오길
망설이지 말길.

기회가 오면
놓치지 말고 꼭 잡기!

상처를 이겨내는 법

How to overcome wounds

이기다 charge

: 고통이나 고난을 참고 견디어 내다.

갑자기 상처라는 아이가
피구를 하자며 공을 던졌어요.

갑작스럽게 시작된 게임이라
상처가 던지는 공을 피하기 바빴어요.

그런데 피하기만 하니까

게임이 끝나지 않더라고요.

이대론 안되겠다 싶어서
상처를 쳐다봤어요.

똑바로 보니
상처가 공을 던지는 방향이 보였어요.

갑자기 상처라는 아이가
피구를 하자며 공을 던졌어요.

갑작스럽게 시작된 게임이라
상처가 던지는 공을 피하기 바빴어요.

피하고, 피하고, 또 피했어요.

그런데 피하기만 하니까
게임이 끝나지 않더라고요.
이대로는 안 되겠다 싶어서
상처를 쳐다봤어요.
똑바로 보니 상처가
공을 던지는 방향이 보였어요.

곧이어 공이 날아왔고
탁, 잡았어요.
그리고 힘껏 던졌어요.

상처와 피구를 할 때
상처가 던지는 공을 잘 본 다음
한번 잡아봐요.

공을 너무 오래 잡고 있으면
게임이 진행되지 않는다는 거 잊지 말고

꼭 이겨냅시다, 우리.

뚝심

Perseverance

뚝심 perseverance

: 굳세게 버티거나 감당하여 내는 힘.

물론 주변의 말을 듣는 건
아주 필요한 일입니다.

하지만 선택에 확신이 있다면
그 선택을 책임질 각오가 충분하다면

한번 믿고 나가봐요.
여러분의 선택이 정답일 수도 있잖아요!

위로가 필요한 당신에게

To you who need comfort

위로 wait

: 따뜻한 말이나 행동으로 괴로움을 덜어주거나
  슬픔을 달래 줌.

똑똑, 예고도 없이 우울함이라는 아이가
저에게 전화를 걸어왔어요.

어찌나 매정한지 할 말만 하고
뚝, 끊어버리더라고요.

마음이 많이 아렸어요.

참 슬펐어요.
아무것도 할 수 있는 게 없어서.

많이 많이 아프고 괴로웠는데

위로가 필요한 당신께
뜻밖의 위로를 건네요.

아자 아자 힘내요, 우리!

영감

Inspiration

@chongchongji

영감 inspiration

: 창조적인 일의 계기가 되는 기발한 자극.

누군가에게
영감을 받은 저는

누군가에게
영감을 주고 싶어졌습니다.

저에게도 그런 날이 올 수 있게
차근차근 계단을 오르겠습니다.

3.

오늘의

소중함

곁

Side

@chongchongji

곁 side

: 어떤 대상의 옆.

고맙습니다.
말없이 곁을 지켜준

소중한 사람들.

작은 길과 작은 공원

a small road and
a small park

작다 small

: 보통보다 덜하다.

집 가는 길에
작은 공원이 있어요.

@chongchongji

공원이라고 하기에도 애매한
그냥 길이라고 해도 될 만큼 작은 곳이죠.

@chongchongji

때론 피곤한 몸을 이끌며

@chongchongji

매번 무심히
그 길을 지나갔어요.

@chongchongji

그런데 좋은 사람과
좋은 이야기를 하며 걸으니

@chongchongji

반딧불이가 살고 있는
참 예쁜 공원이요.

집 가는 길에
작은 공원이 있어요.

음, 공원이라고 하기에 좀 애매해요.
너무 작고 좁거든요.
길이라고 하는 게 더 어울린달까?

때론 피곤한 몸을 이끌며
때론 너무 바빠서 쉼 없이 달리며
매번 무심히 그 길을 지나갔어요.

그런데 우연히 좋은 사람과
좋은 이야기를 나누며
그 길을 걸었더니

그 길은 공원이 되었어요.

반딧불이가 살고 있는
참 예쁜 공원이요.

기다림

Wait

기다리다 wait

: 때가 오기를 바라다.

저와 십년지기인
소중한 친구가 있어요.

@chongchongji

바로 저와 산전수전을 다 겪은
노트북이랍니다.

@chongchongji

10년이라는 시간을 무시하지 못하는지
느려지기도 하고, 파일을 내려받다가
멈추기도 한답니다.

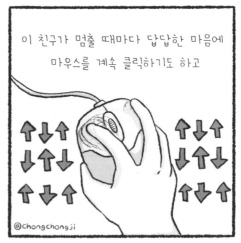

이 친구가 멈출 때마다 답답한 마음에
마우스를 계속 클릭하기도 하고

조급한 마음에
자판을 여러 번 두드리기도 하지만

본인에게 맞는 속도로
식사를 마치고 나서야 다시 작동해요.

그래서 이제는
기다려주기로 했어요.

저에게 너무도 소중한 친구라서

체하거나 다치면 안 되거든요!

전 이 친구와 계속 함께할 거니까요♥

@chongchongji

나는….

ㅣ….

나 ㅣ

: 남이 아닌 자기 자신.

오랜만에 영화를 보러 갔어요.

영화를 보고 있는데
누군가 주인공에게 물음을 던졌어요.

" 지금 행복하니? "

그 물음에
주인공의 눈빛은 흔들렸어요.

@chongchongji

영화를 보는 내내 생각에 빠졌어요.

' 난 행복한가? '

@chongchongji

오랜만에 영화를 보러 갔어요.
신나는 마음을 안고 영화를 보는데

누군가 주인공에게 물음을 던졌어요.
"지금 행복하니?"

그 물음에 주인공의 눈빛은 흔들렸어요.
영화를 보는 내내 생각에 빠졌어요.
"난 행복한가?"

그런 고민을 하며 영화를 보다가
옆에 같이 온 소중한 사람을 바라봤어요.

소중한 이는 제 시선이 느껴졌는지
저를 보고는 팝콘을 스윽 내밀었어요.

그 팝콘을 먹으면서 생각했죠.
소중한 사람과 함께 있을 수 있고
맛있는 팝콘을 먹을 수 있는

난 지금 행복하다!

난 말이야

You know, I

어우러지다 mingle

: 여럿이 조화를 이루거나 섞이다.

저는요.

활짝 핀 벚꽃도 좋지만

초록과 분홍색이 어우러진 순간인

지금도 참 좋아요.

우연히 맞이한 봄

a chance spring

우연히 by chance

: 어떤 일이 뜻하지 아니하게 저절로 이루어져
  공교롭게.

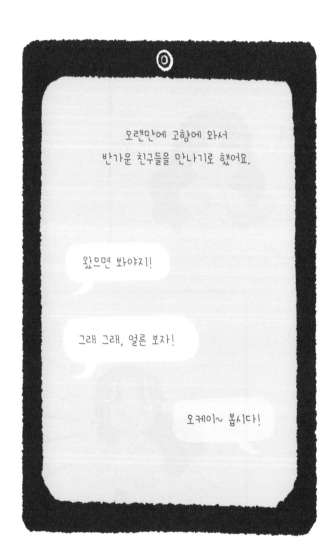

준비하다 보니 버스 도착시간이
얼마 남지 않았어요.

허겁지겁 15분 동안 달려서
버스정류장에 도착했어요.

땀은 삘삘 나고 약속시간은 다가오는데
시간이 지나도 버스가 오지 않았어요.

@chongchongji

누군가 말을 걸었어요.

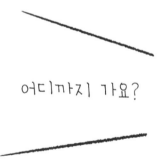

어디까지 가요?

저기 조금 더 가면 다른 버스
금방 오니까 따라와요.

덕분에
제 몸도 마음도 봄을 맞이했습니다.

저기 오네.
얼른 가서 타고 가면 되겠네요!

감사합니다!

잊지 않겠습니다.
기억하겠습니다.

행동 하나와 말 한마디로
누군가의 마음에
봄이 오게 할 수 있다는 걸요.

오랜만에 고향에 왔어요.
반가운 친구들과 약속을 잡았어요.
열심히 준비하다 보니 어느새
도착시간이 얼마 남지 않았어요.

15분 동안 허겁지겁 달려서 버스정류장에 도착했죠
그런데 5분, 10분, 15분이 지나도
버스는 오지 않았어요.

약속 시간은 다가오고 발만 동동 구르며
버스가 오는 방향을 하염없이 바라보고 있었어요.

그런데, 누군가 말을 걸었어요.
"어디까지 가요?"

아주머니셨어요.
장을 보셨는지 양손에 짐이 가득하셨죠.
가는 곳을 말했더니 조금 더 가면
그곳으로 가는 버스가 있으니 따라오라고 하셨어요.

얼마 안 가니 몰랐던 버스정류장이 나왔어요.
바로 버스가 왔고 아주머니께서
저 버스를 타면 된다고 하셨어요.
덕분에 약속 시간에 무사히 도착할 수 있었답니다.

"어디까지 가요?"
아주머니의 이 한마디로 저의 마음에
봄이 찾아왔습니다.

고민하는 당신에게

To you who are thinking about it

'내가 할 수 있을까?'
고민하는 당신에게 꼭 해주고 싶은 말

@chongchongji

고민하다 worry

: 마음속으로 괴로워하고 애를 태우다.

열심히 마음을 담아 쓴 원고가
꿈에 그리던 책이 되었어요.

그 책으로 멋진 작가님들과 함께
북토크를 촬영을 하게 되었어요.

작가님들과 함께
북토크
촬영이겠습니당!

혹시 피해를 끼치지 않을까
걱정이 되었어요.

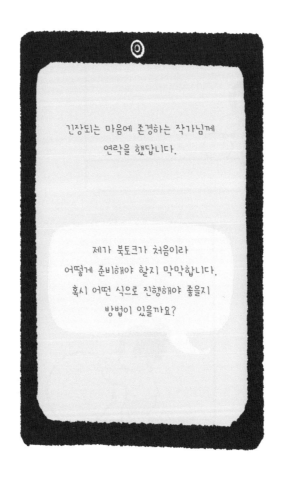

긴장되는 마음에 존경하는 작가님께
연락을 했답니다.

제가 북토크가 처음이라
어떻게 준비해야 할지 막막합니다.
혹시 어떤 식으로 진행해야 좋을지
방법이 있을까요?

고민이 쌓이고 얽히며
불어나고 있는데
띠링, 답장이 왔어요.

멋진 작가님들과 함께
북토크를 촬영한다는
소식을 전해 들었어요.
혹시 내가 피해를 끼치지 않을까?
걱정이 앞섰습니다.

긴장되는 마음에 존경하는 작가님께
카톡을 보냈답니다.

제가 북토크가 처음이라
어떻게 준비해야 할지 막막합니다.
혹시 어떤 식으로 진행해야 좋을지
방법이 있을까요?

당당하고 침착하게
자신을 믿어

다시 시작

Restart

다시 again

: 하다가 그친 것을 계속하여.

눈이 좋지 않아서 치료를 하다 보니
3개월이라는 시간이 지나있었어요.

작업을 하려는데
처음부터 다시 시작하는 기분이 들면서

· · ·   · · ·

한 가지 생각이
머릿속을 가득 채웠어요.

나를 기억해 주실까?

@chongchongji

기억하고 있다고, 기다렸다고
따뜻하게 반겨주시는 댓글을 보고
정말 뭉클하고 힘이 났답니다.

보고싶었어요!

기다렸어요!

@chongchongji

덕분에 힘을 얻었습니다.
정말 감사드립니다.

무언가를 다시 시작하는데
걱정되고 불안하신 분들이 있다면

저와 함께 다시 시작해요!
나아가요, 우리🖤

@chongchongji

절대 잊으면 안 되는 마음

a heart that can never
be forgotten

절대 잊으면 안 되는 마음

@chongchongji

마음 heart

: 사람의 감정이나 의지, 생각을 느끼거나
  일으키는 작용이나 태도

일이 끝나지 않아서 소중한 친구들과
약속을 나갈 수 없게 되었어요.

친구들아..정말 미안해..
일을 다 못 끝내서 마감 때까지
마치려면 만나기 힘들 것 같아.

참 고맙고, 미안했어요.

괜찮아!

우린 언제든 볼 수 있으니
미안해하지 말궁!

잘 먹고 잘 자면서 건강 챙기며 해!

절대 잊으면 안 되는 마음

소중한 이들은
더 소중하게.

낮달

The day moon

낮달 the day moon

: 낮에 뜨는 달.

왜 저는 달을 생각하면
항상 밤만 떠올렸을까요?

달은 이렇게 낮에도 보이는데 말이죠.

얼마나 많은 편견을
아무런 의심 없이 넘겼던 걸까요?

"느리다, 빠르다."
이것들은 우리가 만들어낸 편견 중
하나라는 걸 꼭 기억하길 바라요.

당신은 느린 게 아니라 신중한 겁니다.
그러니 조급해 말고 나아가요.

이 점을 명심했다면
자, 이제 여행을 떠나봅시다!

당신의 여행을 응원합니다.

아, 그리고 소중한 이들의 손을 잡고
함께 가는 것도 꼭 잊지 않았으면 합니다.

4.

오늘의

착륙

빛나는 당신

You shine

빛나다 shine

: 빛이 환하게 비치다.

가끔 보면

당신은 자신을 잘 모르는 것 같아요.

당신이 얼마나 멋지게

빛나는지 말이죠.

나쁜 기억으로 힘든 당신에게

To you who are struggling with bad memories

지나가다 pass

: 시간이 흘러가서 그 시기에서 벗어나다.

잊고 싶은 일이 자꾸 생각나서
산책을 하는데 바람이 머릿결을
스치고 지나갔어요.

무언가를 잊기가 그토록
힘겨웠던 이유를 걸으며 생각해 보니

잊으려고 억지로 노력하지 말고
자연스럽게 두는 건 어떨까요?

잊고 싶은 일들이
당신을 살랑살랑 지나갈 수 있게요.

잊고 싶은 일이 자꾸 생각나서
머리가 복잡한 날이었어요.

이겨내자, 잊자!
생각하며 산책했어요.
산책을 하는데 바람이 머릿결을
살랑살랑 스치고 지나갔어요.

무언가를 잊기가
그토록 힘겨웠던 이유를 돌아보니
잊으려고 했기 때문이기도 하더라고요.

'이겨낼 거야!', '잊을 거야!'
하는 것이 오히려 잊고 싶은 기억을
떠오르게 하고 생각나게 하더라고요.

때로는 잊으려고 억지로 노력하는 것보다
자연스럽게 두는 자세도 필요한 것 같아요.

잊고 싶은 일들이 여러분을
살랑살랑 지나갈 수 있도록

충전 중

Charging

충전 charge

: 메워서 채움.

아이패드 배터리가 얼마 없어서
충전을 시켰어요.

몇 시간이 지나고
작업을 하려고 아이패드를 켰는데

배터리가 더 떨어져 있었어요.

이게 무슨 일이지?
충전한 곳을 쳐다봤더니

콘센트 옆에

빨간불이 꺼져있었어요.

@chongchongji

충전이 되는지 미처 확인하지 못한
피곤한 상태의 세가 보였어요.

@chongchongji

몸과 마음도 제대로
충전시켜야겠다는 생각이 들었어요.

@chongchongji

열심히 작업을 하다 보니
아이패드 배터리가 얼마 없었어요.

서둘러 아이패드를 충전시키고
종이에 콘티를 그리며 기다렸어요.

몇 시간이 지나고
다시 작업을 하기 위해서
아이패드를 가져왔는데
전혀 충전되어있지 않았어요.

대체 무슨 일이지?
두리번거리다 콘센트를 봤는데
콘센트 옆에 빨간불이 꺼져있었어요.

그제야 충전이 되는지
미처 확인하지 못한
피곤한 상태의 제가 보이더라고요.

몸과 마음을 제대로
충전시켜야겠다는 생각이 들었어요.

제대로 충전시키지 않으면
중간에 방전되어버리거나
오래 사용할 수 없으니까요.

잘자요

Good night

@chongchongji

자다 sleep

: 눈이 감기면서 한동안 의식 활동이 쉬는
  상태가 되다.

오늘 하루
잘 보냈어요.
고생 많았어요.

잘 이겨냈어요.

잘 자요.

모든 순간

Every moment

순간 moment

: 아주 짧은 동안.

친구들과 즐거운 시간을 보내고
집으로 향하는 버스를 탔어요.

@chongchongji

창가에 조금 지친 몸을 기대고
밖을 바라봤어요.

@chongchongji

노란색 구름과
붉은색 하늘을 지나

회색 구름과
진회색 하늘을 마주했어요.

멀리서 본 하늘은
모든 순간 아름다웠어요.

@chongchongji

친구들과 즐거운 시간을 보내고
집으로 향하는 버스를 탔어요.

조금 지친 몸을 창가에 기대고
멍하니 밖을 바라보는데
하늘의 색감이 정말 다양하게 변했어요.

하얀색 구름과 푸른색 하늘을 지나고
연분홍색 구름과 연보라색 하늘을 지나

노란색 구름과 붉은색 하늘을 지나
회색 구름과 진회색 하늘을 마주했어요.

버스에서 내리자 별이 빛나는 남색 하늘도 보였어요.

하늘은 모든 순간 아름다웠어요.

연하다고 어중간하다고 진하다고

속상해하지 말고

나의 모든 순간도

아름답게 바라봐야겠어요.

포기하지 말아요

Let's not give uop

이상하다?

분명 여기였던 것 같은데..

@chong chongji

여기가 아닌가봐..

포기하다 give up

: 하던 일을 도중에 그만두어 버리다.

포기하지 말아요, 우리
조금만 더 가면
빛이 보일지도 몰라요!

한계라는 생각이 들 때

When you think it's your limit

노력해도 소용없는 것 같고
이게 한계라는 생각이 들 때

@chongchongji

한계 limit

: 책임, 능력 따위가 작용할 수 있는 범위.

열심히 한다고 노력했는데
많이 부족하다는 이야기를 들었어요.
참 속상하더라고요.

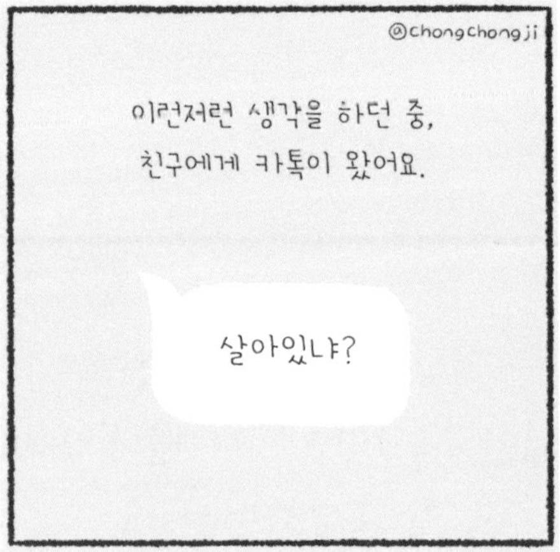
@chongchongji
이런저런 생각을 하던 중,
친구에게 카톡이 왔어요.
살아있냐?

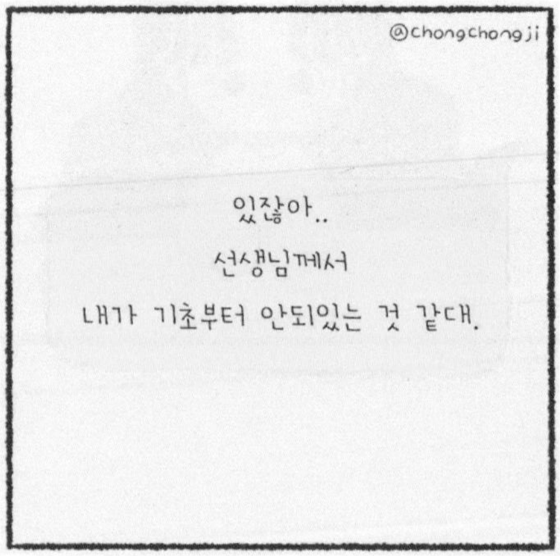
@chongchongji
있잖아..
선생님께서
내가 기초부터 안되있는 것 같대.

내가 했던 노력이 모두 헛수고같고
이게 한계인가 싶어..

흠, 그말 듣고 어떤 생각이 들었어?
그만하고 싶다?
아님 다시 해보자?

그 카톡을 보는데
순간 멍하더라고요.
한참을 곰곰히 생각하고 생각해봤어요.

그만두기 싫어..
다시 해볼래!

속으로 다짐했어요.
"조금만 더 힘내자!"

저는 꽤 오래전부터 작가라는 꿈을 가지고 있었어요.
고등학교 때 한 권의 책을 보고 많은 위로를
받았거든요.
그 작품을 읽고 누군지도 모르는 작가님께
얼마나 감사하고 고마웠는지 몰라요.

그래서 제가 위로를 받았던 것처럼 단 한
사람에게라도
위로가 되는 따뜻한 작품을 안겨주고 싶었어요.

그런데 며칠 전에 문장을 더 다듬어야 하고
기초가 부족하다는 이야기를 들었어요.
나름대로 열심히 달려왔다고 생각했는데
노력이 소용없나 싶고, 이게 한계인가 싶더라고요.

그 마음을 가지고 있는데 친구가 묻더라고요.
"그 말 듣고 어떤 생각이 들었어?
그만하고 싶다? 아니면 다시 해보자?"

그 물음에 한참 동안 답하지 못했어요.
고민하고, 고민하고 대답했죠.

"그만두기 싫어."

맞아요.
저는 작가라는 직업을 놓고 싶지 않았어요.
고민하고 고민해봤는데
달려가는 곳을 포기하고 싶지 않다면

조금 더 노력해봐요!
아무리 늦는다고 해도
결승선을 밟아봐야 하지 않겠어요?

우리 모두

멈춤은 있어도 무너짐은 없기를!

끝맺음

Tie to loose ends

끝맺음의 순간과
마주한 당신에게

@chongchongji

끝내다 come to an end

: 일을 다 마무리하다.

날이 따뜻해져서 겨울을 함께했던
전기장판을 껐어요.

분명 전기장판을 끄고
침대에 누웠는데
등 뒤에서
전기가 흐르는 느낌이 들었어요.

모든 마무리도 마찬가지인 것 같아요.

시작이라는 코드를 꽂았으면
코드를 뽑는 마무리가 필요해요.

그렇지 않으면 미세한 전기가 흘러
스파크가 일어나고 말 거예요.

@chongchongji

스파크가 일어나지 않게

끝맺음을 할 때는
확실하고, 정확하게
코드를 뽑아줍시다.

213

'시작은 반이다.'
다들 한 번쯤은 들어보셨을 거예요.

시작이 반이라면
과연 나머지 반은 무엇일까요?
저는 '마무리'라고 생각해요.

시작도 중요하지만
그에 못지않게
마무리도 굉장히 중요해요.

코드를 뽑지 않으면
미세하게 전기가 흐른다고 하잖아요.
그래서 전자제품을 사용하고
코드를 뽑아줘야 하죠.

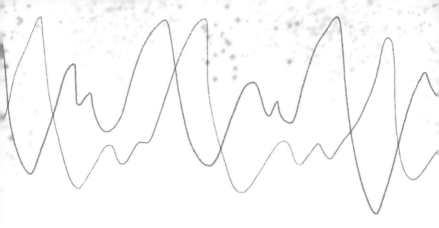

모든 일도 마찬가지예요.
일이라는 코드를 꽂았으면
일이 끝나고 난 후에는
그 코드를 뽑아줘야 해요.

그렇지 않으면
미세한 전기가 흘러
스파크가 일어날 거예요.

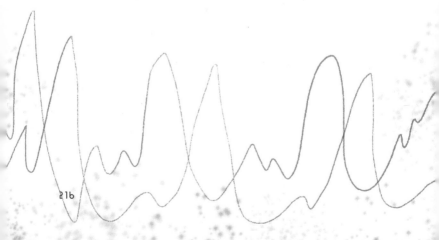

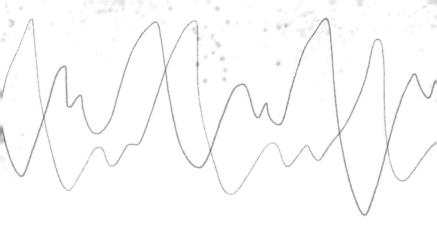

첫 단추를 잘 끼우라는 말이 있죠?
셔츠에 첫 단추를 잘 끼워도
끝 단추를 끼우지 않으면
옷을 완전히 입은 게 아니라는 것
꼭 기억합시다.

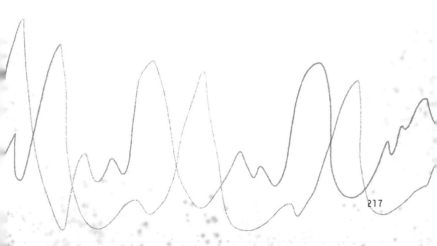

안녕, 오늘 하루

Bye today

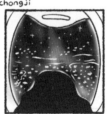

@chong chongji

오늘 today

: 지금 지나가고 있는 이날.

오늘 하루 어땠어요?

소중한 인연, 좋은 기회, 멋진 추억
많이 만드셨나요?

원치 않은 이별, 감당하기 힘든 일들,
기억하기 싫은 일들이
괴롭게 하지는 않았나요?

즐거웠다면 좋은 기억으로 남겨두고
괴로웠다면 훨훨 날려버려요.
좋은 기억만 남겨도 모자라니까요.

내일은 더 멋지고 힘차게
나아가요, 우리

다가올 내일을 위해!

안녕, 오늘 하루.

작가의 말

안녕, 오늘 하루!

여러분의 오늘 하루는 어떠셨나요? 지금 작가의 말을 쓰고 있는 저의 오늘 하루는 아주 끝내주게 행복합니다. 오늘은 펀딩을 성공한 날이거든요. 무엇과도 바꿀 수 없는 행복한 이 기분을 남기고 싶어서, 오늘 꼭 작가의 말을 쓰자고 다짐했답니다.

저는 꽤 오래전부터 글과 그림이 함께 있는 저의 작품을 책으로 만들고 싶었습니다. 올해가 그 마음을 품은 지 딱 10년이 되는 해입니다. 그 마음을 꺼내 볼 수 있도록 도와준 여러분 감사합니다. 펀딩 기간 보내 주신 많은 응원은 슬럼프에 허덕이던 저에게 앞으로 한 걸음 나아갈 수 있는 힘이 되어주었습니다. 여러분 덕분에 펀딩 성공이라는 소중한 선물을 받았습니다. 속에 꼭 품어두고 꺼낼 수 없을 수도 있었던 작고 소중한 이 마음을 꺼낼 수 있도록 도와준 여러분께 진심으로 감사합니다.

'너도 꿈을 꿀 수 있어!'라는 걸 알려주신 이옥수 선생님, '너 더 큰 꿈을 가질 수 있어!'라는 걸 알려주신 정명섭 작가님, 그리고 꿈을 향한 길을 묵묵히 함께 걸어준 몽실북스. 정말 감사합니다!

저는 복이 많은 사람인 것 같습니다. 인생을 살면서 한 사람도 만나기 힘들다는 귀인을 참 많이 만났거든요. 좋은 사람들을 만나다 보니 좋은 사람이 되고 싶어졌습니다. 좋은 사람이 될 수 있게 더 열심히 노력하고, 좋은 사람들에게 보답할 수 있게 항상 감사하는 마음을 잊지 않고, 좋은 사람들을 지킬 수 있게 느리지만 한 걸음씩 나아가는 그런 사람이 되겠습니다. 멈춤은 있어도 무너짐은 없는 그런 작가가 되겠습니다.

무엇과도 바꿀 수 없는 소중한 부모님, 어릴 때부터 유난히 느렸던 딸을 매번 기다려주시고 믿어주셔서 감사합니다. 기다림과 믿음이라는 것이 얼마나 많은 인내가 필요한 것인지 세월이 지나면 지날수록 느껴집니다. 하지만 이 부족한 딸은 앞으로도 빠르게 나아가겠다는 약속을 할 수 없을 것 같습니다. 하지만 긴 시간이 걸리더라도 어떻게든 나이기겠습니다. 언세나 서의 는는한 버팀목이 되어주셔서 감사합니다. 그리고 사랑합니다.

여러분 오늘 하루 어떠셨나요? 소중한 인연을 만난 분들도, 멋진 기회를 얻은 분들도 계실 겁니다. 축하드려요. 행복을 만끽하세요! 그 행복한 순간 이 책이 여러분의 손에 들려있다니, 참 행복합니다. 분명 감당하기 힘든 일들을 마주하신 분들도, 기억하기 싫은 일들이 떠오르는 분들도 계실 겁니다. 그분들께 이 책이 조금의 위로와 약간의 휴식을 안겨줄 수 있으면 좋겠습니다.

부디 여러분의 앞길에 멈춤은 있어도, 무너짐은 없기를! 나의 마음과 당신의 마음이 닿기를. 내일은 한 걸음 더 나아가요, 우리. 다가올 내일을 위해.

안녕 오늘 하루!

2023년 이른 봄
총총지(천지윤)

이 책이 나올 수 있도록 도와주신 분

Wellmakeithappen, 윤서영, 위시라이프, 이옥수, 김문숙, 흐링, 안초롱, 서미경, 최양희, 윤철희, 신민철, 세모담쏘, 채린, 허성욱, 전정민, 김재희, *샤방*, pinkysilky, 김서효, 간디, 신민재, 지염, Kim, 백승연, cho, 푸른나무, 은근공주, 우묘, 정다예, 주자영, 조정민, 문영미, 이주원, 메롱메롱, 최동완, DM20s-Official, 김다옥, 최하나, 머리쫌돼지, 최동인, 마을과고양이, 현서, Wolfy, 팬...

보내주신 마음들 잊지 않겠습니다.
감사합니다.

안녕 오늘 하루

초판 1쇄 2023년 04월 05일

지은이 · 총총지
발행인 · 주연지

편집인 · 석창진 **편 집** · 이혜진
디자인 · 김지영 **일러스터** · 총총지
마케터 · 허은정

펴낸곳 · 몽실북스 **출판신고** · 2015년 5월 20일 (제2015 − 000025호)
주소 · 서울 관악구 난향7길52
전화 · 02-592-8969 / **팩스** · 02-6008-8970
이메일 · mongsilbooks@naver.com
네이버 포스트 · post.naver.com/mongsilbooks_kr
인스타그램 · instagram.com/mongsilbooks

ISBN 979-11-92960-42-5(03810)

LaTTe 라떼는 몽실북스의 감성브랜드입니다.